OBJETS D'ART

Porcelaines — Faïences

ARMES ORIENTALES

BIJOUX

Bronzes — Meubles — Étoffes

EXPOSITION PUBLIQUE

Le Dimanche 23 Décembre 1888

DE 1 HEURE A 5 HEURES

Mᵉ Paul CHEVALLIER	M. Ch. MANNHEIM
COMMISSAIRE-PRISEUR	EXPERT
10, rue Grange-Batelière, 10	7, rue Saint-Georges, 7

CATALOGUE

DES

OBJETS D'ART

ET CURIOSITÉS

Étains — Bronzes — Fers — Cuirs — Coffrets, etc.

Porcelaines de Chine, de Sèvres, etc. — Faïences anciennes

ARMES ORIENTALES

GARNIES EN ARGENT

Bijoux et Objets de vitrine — Sculptures

Candélabres en bronze du premier Empire — Chenets Louis XVI
Meubles — Étoffes

DONT LA VENTE AURA LIEU

HOTEL DROUOT, SALLE Nº 5

Le Lundi 24 Décembre 1888

A 2 HEURES

Mᵉ PAUL CHEVALLIER	M. CHARLES MANNHEIM
COMMISSAIRE-PRISEUR	**EXPERT**
10, rue de la Grange-Batelière, 10	7, rue Saint-Georges, 7

EXPOSITION PUBLIQUE

Le Dimanche 23 Décembre 1888, de 1 heure à 5 heures.

CONDITIONS DE LA VENTE

Elle sera faite au comptant.

Les acquéreurs payeront, en sus des adjudications, *cinq pour cent* applicables aux frais.

L'exposition mettant le public à même de se rendre compte de l'état des objets, il ne sera admis aucune réclamation une fois l'adjudication prononcée.

Paris. — Imp. de l'Art, E. Ménard et Cie, 41, rue de la Victoire.

DÉSIGNATION DES OBJETS

PORCELAINES DE CHINE, DE SÈVRES, ETC.

1 — Plat rond en vieux Chine de la famille rose ;
au fond, une pivoine et un arbre en fleurs ; au
marli, des réserves sur un fond rose à carre-
lage.

2 — Petit plat, vieux Chine, décoré en émaux de
couleur ; au fond, une pivoine, un oiseau et
deux fleurs en dorure ; au marli, des fleurs
séparées par des bandes striées de rouge.

3 — Compotier, vieux Japon, décoré en bleu,
rouge et or ; au fond, grand médaillon contenant une jardinière et entouré de quatre compartiments radiés, chrysanthèmes sur fond
bleu, et fleurs de pêcher sur fond blanc.

4 — Petit compotier, vieux Chine, à bord festonné, décoré en émaux de la famille verte
rehaussés de dorure ; au fond, une jardinière ; au
bord, des compartiments radiés à figures et
bouquets.

5 — Compotier à bord ondulé, vieux Chine, de la famille verte ; au fond, deux figures de femmes dans un paysage ; au bord, une bande émaillée vert et pointillée noir avec quatre réserves.

6 — Assiette creuse, décorée en émaux de la famille rose ; au fond, trois figures et un oiseau chimérique dans un paysage ; à la chute, une bande rose à quadrillés et réserves ; au marli, quatre branches fleuries.

7 — Assiette décorée en bleu, rouge et or ; au fond, deux personnages en costume européen du xviiie siècle, précédés d'un chien ; au marli, des fleurs et une bande bleu quadrillé d'or.

8 — Assiette, vieux Chine, à deux bordures rose et or et médaillon central, représentant un buveur en costume européen du xviiie siècle.

9 — Assiette creuse, vieux Chine, décorée en émaux de couleur, relevés d'émail noir et de dorure ; au fond, médaillon contenant une jardinière, encadré de trois réserves représentant des oiseaux et séparées par des bandes de chrysanthèmes sur fond bleu.

10 — Petit plat, vieux Chine, de la famille rose ; au fond, un bouquet dans une jardinière, encadré d'une couronne ornementale, relevée d'émaux bleu lapis.

11 — Assiette plate, vieux Chine, émaux de cou-

leur et dorure ; au fond, des pivoines et des
branches en fleurs ; au marli, une jolie bordure
chantournée.

12 — Assiette plate, vieux Chine, décorée en
émaux de la famille verte ; le fond représente
des arbustes fleuris et un oiseau ; le marli est à
fond vert pointillé noir et offre quatre réserves :
sauterelles et poissons.

13 — Deux assiettes, vieux Chine, décorées en
émaux de couleur, rehaussées de rouge de cuivre et de dorure ; au fond, deux figures de
femme et des cigognes auprès de roseaux.

14 — Bourdaloue en vieux Sèvres, pâte tendre,
décoré de roses en camaïeu bleu.

15 — Autre décoré de bouquets en couleur.

16 — Bourdaloue de vieux Sèvres, pâte tendre, à
bandes bleues et festons en dorure.

17 — Tournay. Soixante-dix-huit assiettes en pâte
tendre, côtelées en spirale et décorées en bleu.

18 — Deux pièces en porcelaine du Japon, décorée
en bleu ; buire et vase ovoïde à très petit goulot.

19 — Trois pièces, deux flacons à double renfle-
ment et un flacon, décorés en bleu.

20 — Chat à couverte gris flambé.

21 — Deux plaques ovales de porcelaine finement
décorées, fleurs et fruits,

22 — Encrier formé d'une levrette couchée sur un

coussin, en porcelaine décorée en couleur et
dorure, de Jacob Petit.

FAIENCES

23 — STRASBOURG. Compotier à bord festonné, décor très soigné, bouquet et fleurs détachées.
Marque de J. Hanong.

24 — ROUEN. Assiette à décor polychrome ; au
fond, gerbe de fleurs ; au marli, un quadrillé
vert et quatre réserves à fleurs. Marque G.

25 — MARSEILLE. Assiette à bord festonné et à beau
décor polychrome ; au fond, un paysage avec
deux figures sur des rochers au bord de la mer ;
au marli, des branches de fleurs.

26 — MOUSTIERS. Grande assiette à bord con-
tourné et à décor polychrome ; au fond, musi-
cien, grotesque, oiseau ; au marli, des bouquets.

27 — ROUEN. Compotier à bord festonné, décor
polychrome au carquois.

28 — ROUEN. Autre, à bord festonné ; au fond, des
plantes, deux oiseaux et un papillon ; au bord,
trois buissons fleuris.

29 — DELFT. Petit plat décoré en bleu ; au fond,
un écu chargé d'une croix de Saint-André échi-
quetée et surmonté d'un cimier et d'une couronne comtale.

30 — **DELFT.** Petit plat rond à décor de fleurs et de rinceaux en bleu, rouge et vert.

31 — **ROUEN.** Écuelle couverte à décor polychrome, lambrequin et guirlandes.

32 — **DELFT.** Beurrier octogone, à décor de fleurs en couleur avec rehauts d'or.

33 — **ROUEN.** Bannette octogonale, à décor polychrome, kiosques chinois, avec bordure quadrillée vert, à réserves de fleurs.

34 — Cruche à panse ovoïde en grès gris de Flandres, rehaussé d'émail bleu ; le col est émaillé brun.

35 — Tasse cylindrique à couvercle, en faïence de Perse, décorée en émaux de couleur.

ARMES

36 — Pistolet à pierre du XVIIIe siècle, à canon gravé et doré, et platine gravée portant le nom de *Tanguy le Guern, à Paris.*

37 — Pistolet à pierre oriental, à canon et batterie décorés d'incrustations d'or ; monture garnie de plaques en argent niellé.

38 — Autre à canon gravé et garniture d'argent niellé.

39 — Autre analogue.

40 — Pistolet à pierre oriental, garniture argent
ciselé à fleurs et ornements en relief.

41 — Canon de pistolet en bronze, décoré d'une
armure et d'ornements variés. xviie siècle.

42 — Deux kathars indiens.

43 — Sabre turc à lame courbe, poignée en corne,
quillons courbes en argent ciselé et doré, fourreau en argent doré partiellement.

44 — Sabre turc à lame courbe, poignée en corne,
entourée d'un ruban en tissu métallique ; quillons
droits argent doré, fourreau en cuir garni en
argent.

45 — Poignard de la Perse, à lame légèrement cin-
trée, damasquinée d'or au talon ; poignée et
fourreau revêtus d'argent.

46 à 48 — Trois kamas à poignées de morse et
fourreau d'argent.

49 — Kama à lame droite, à nervures et gouttières ;
poignée et garniture de fourreau en argent, en-
richies de coraux.

50 — Petit yatagan à poignée et garniture de fourreau en argent repoussé, à décor de fleurs et
d'arabesques.

51 — Yatagan à lame niellée argent, reliée à la poignée en morse par une garniture en argent
garnie de coraux, fourreau de cuir.

52 — Kandjar à lame damasquinée or au talon

poignée en jade, fourreau en fer gravé et doré, à figures et ornements.

53 — Yatagan à poignée d'argent niellé, fourreau en cuir.

54 — Poignard persan, lame droite, poignée en corne, rivets et garniture de fourreau en argent niellé.

55 — Poignard à lame de Damas, à arêtes et ornements en relief, poignée en morse.

56 — Autre, en forme de cris, poignée en bois garnie en argent, fourreau en cuivre doré.

57 — Cris à lame ondulée, fourreau en argent.

58 — Yatagan à poignée d'argent niellé.

59 — Deux sabres indiens, à lames s'élargissant à la pointe ; l'un à poignée de cuivre, l'autre à poignée de morse.

60 — Couteau à poignée de jaspe et gaine en velours et argent doré.

61 — Deux autres, à poignées d'argent, l'une unie, l'autre dorée et niellée.

62 — Couteau avec pistolet dans la poignée.

63 — Dague allemande à lame triangulaire et une dague à poignée de corne tournée.

64 — Deux poignées de sabres indiens.

65 — Petit sabre à lame gravée et poignée de bronze à tête chimériques, et un couteau de

chasse à poignée de cuivre décorée de deux
dragons.

66 — Deux poudrières piriformes orientales, dont
une décorée d'ornements plaqués argent.

67 — Poudrière arrondie, en cuir, amorçoir cuivre,
à ornements d'argent, et un ustensile oriental en
fer, à ornements dorés et argentés.

68 — Rondelle orientale en argent, enrichie de tur-
quoises, et une poignée en argent ciselé.

69 — Deux mesures à poudre, cylindriques, pla-
quées argent.

70 — Amorçoir lenticulaire en bois, décoré d'incrustations d'os et de cuivre.

71 — Autre en ivoire sculpté, à mascaron.

72 — Couteau à manche de nacre, et poignard indien à lame contournée.

73 — Deux paires d'étriers orientaux.

74 — Deux amorçoirs : l'un en corne, formé d'un
oiseau ; l'autre en cuir gaufré.

75 — Petit canon en bronze, sur son affût.

76 — Cotte de mailles.

77 — Huit pièces : deux poignées de sabre, quatre
frettes et deux bouterolles en jade de travail
oriental.

BIJOUX — OBJETS DE VITRINE

78 — Canne jonc à pommeau d'or ciselé.

79 — Deux paires de pendants d'oreilles en argent doré, l'une avec pierre de couleur.

80 — Épingle à médaillon en or, contenant une miniature en grisaille : Portrait de Marat.

81 — Grande épingle de coiffure en argent.

82 — Montre en or émaillé, de Genève, et double boîtier en cuivre.

83 — Grand éventail chinois, à monture d'ivoire sculpté et feuille peinte, à nombreux personnages à têtes d'ivoire rapportées. Écrin en laque.

84 — Petit éventail en ivoire décoré : Scène villageoise, avec branches en écaille.

85 — Deux éventails à montures de nacre, décorées en couleur et rehaussées d'or, avec feuilles peintes. Louis XV.

86 — Quatre éventails anciens, à montures d'ivoire.

87 — Huit miniatures, fixés, etc.

88 — Tabatière ovale Louis XV, à fleurs dorées et fond quadrillé.

89 — Six petites boîtes en argent repoussé.

90 — Quatre galeries de peignes en argent doré, perles fausses et corail.

91 — Quatre étuis, dont deux en nacre, montés en argent.

92 — Trois épingles de cravate, deux boutons de manchettes et une bague en argent, stras et pierre.

93 — Carnet souvenir en laque et boîte en agate.

94 — Quatre boucles de soulier et une boucle de ceinture en argent.

95 — Quatre pièces : couvert dans sa gaine, briquet en fer gravé, petite boîte en cuivre étampé, fermoir d'escarcelle en cuivre argenté.

96 — Ancienne montre ovale en cuivre et petite horloge incomplète.

97 — Deux petites pièces en bois sculpté : étui surmonté d'une figure de Junon et boussole contenue dans une tête de mort.

98 — Trois pièces : statuette, lion et sceau en bronze.

99 — Quatre pièces : râpe à tabac figurant un moine en ivoire, crosse de canne en porcelaine, petit couteau et doigt de gantelet.

100 — Ceinture circassienne composée d'éléments en argent niellé et doré.

101 — Flacon à parfums en argent, à décor de fleurs ressortant sur fond émaillé. Travail indien.

102 — Deux boîtes rondes en écaille, ornées de miniatures.

103 — Étui en écaille posée d'or.

104 — Couvert dans son écrin en cuir doré au fer.

105 — Couteau à fourreau argenté.

106 — Deux couteaux à manches d'ivoire ; l'un représentant une figurine de Bacchus, l'autre composé de figures et de cavaliers.

107 — Cinq pièces : pions de jeu de dame en bois et médaillon en cuivre sur fond de nacre.

108 — Flacon à odeurs en cuivre, à figures et ornements.

109 — Broche en argent et stras et deux fragments en cuivre et stras.

110 — Médaillon onyx, monture en argent et petites perles.

OBJETS VARIÉS

111 — ÉTAIN. Grand plat attribué à Enderlein ; l'ombilic représente Adam et Ève ; au pourtour, des figures allégoriques aux Sciences ; au marli, des figures équestres d'empereurs romains.

112 — ÉTAIN. Aiguière à figures et ornements Renaissance.

113 — Coffret porte-missel en fer, revêtu d'un réseau d'ornements gothiques repercés, avec fermoir en arcade à colonnettes. xvᵉ siècle.

114 — Grand coffret en mosaïque de la Perse.

115 — Coffret à couvercle bombé en buis, à décor de rosaces et de bandes découpées à jour.

116 — Petit coffret Louis XIII, revêtu de cuir doré au fer, à décor de figures et d'ornements.

117 — Coffret rectangulaire décoré d'appliques rapportées, en bois découpé d'ornementation gothique.

118 — Deux mortiers en bronze de la Renaissance.

119 — Sonnette à décor de cartels et de masques reliés par des guirlandes. XVIᵉ siècle.

120 — Autre, de même époque, offrant, au pourtour, deux écus armoriés, des bucranes et des branchages.

121 — Baiser de paix en bronze doré.

122 — Petite lampe en bronze.

123 — Chaîne en fer terminée par une boule.

124 — Trousse en cuir du XVIᵉ siècle, incomplète.

125 — Petit coffret rectangulaire en fer gravé, élevé sur quatre boules. XVIᵉ siècle.

126 — Bénitier architectural en bois noir, incrusté de jaspes et de lapis, et à coupe godronnée en argent.

127 — Plaque en galvano : Cavalier en costume du XVIᵉ siècle, dans un cadre noir.

128 — Longue-vue anglaise en argent.

129 — Image russe à recouvrement de cuivre argenté et doré.

130 — Selle arabe en cuir jaune piqué rouge, un harnais de tête en velours et cuivre, une sous-

ventrière orientale, garnie de plaquettes de cuivre gravé, et un ceinturon d'épée à fermoir de cuivre doré.

SCULPTURES

131 — MARBRE. Vase à deux anses, en forme d'urne, en marbre portor.

132 — IVOIRE. Christ en croix. Ancien travail espagnol.

133 — TERRE CUITE PEINTE BLANC. Buste d'une reine; grandeur nature.

134 — TERRE CUITE PEINTE BLANC. Fleuve, buste; grandeur nature.

135 — TERRE CUITE. Tête de Vénus.

136 — Haut-relief en plâtre, couleur bois : Jésus lavant les pieds des apôtres, avec deux volets peints à l'huile.

137 — Groupe en bois sculpté : la Vierge assise portant l'Enfant Jésus. La figure de l'enfant est incomplète.

138 — Petit monument en bois sculpté, à colonnes torses.

139 — BOIS SCULPTÉ. Statuette d'enfant debout sur un aigle, avec socle à consoles et mascarons. XVIIᵉ siècle.

140 — Porte-montre Louis XV, figurines et rocailles.

141 — Ustensile en bois, gravé à figure et daté : 1760.

BRONZES — MEUBLES — ÉTOFFES

142 — Deux candélabres du premier Empire en bronze doré, formés chacun d'une statuette de femme drapée à l'antique, les bras ouverts et tenant un flambeau de chaque main. Piédestaux en marbre, ornés sur la face d'une applique lyre en bronze doré.

143 — Deux flambeaux en bronze doré.

144 — Deux chenets de l'époque Louis XVI, modèle à vases enguirlandés de laurier.

145 — Petite console, bois sculpté et doré, à dessus de marbre.

146 — Meuble hollandais à deux corps, en marqueterie à fleurs, le bas à tiroirs, le haut à étagères.

147-148 — Commode et secrétaire Louis XVI.

149 — Couvre-lit de soie Louis XV, à raies et festons brochés orange sur fond clair.

150 — Large lambrequin en ancienne broderie de soie au passé, paysage et figures.

151 à 153 — Onze morceaux, anciennes soieries de velours,

154 — Lot de glands.